AF309874

SOCIÉTÉ DES SCIENCES,
DE L'AGRICULTURE ET DES ARTS DE LILLE.

SÉANCE SOLENNELLE

Du 27 Mars 1898.

DISCOURS

de M. FINOT, Président de la Société.

LILLE,
IMPRIMERIE L. DANEL.
1898.

SOCIÉTÉ DES SCIENCES,
DE L'AGRICULTURE ET DES ARTS DE LILLE.

SÉANCE SOLENNELLE
Du 27 Mars 1898.

DISCOURS

de M. FINOT, Président de la Société.

MESSIEURS,

Le deuil cruel qui a frappé naguères notre distingué et sympathique président, vous prive aujourd'hui du plaisir d'entendre l'intéressant discours qu'il devait vous lire, et me vaut le périlleux honneur de parler en ce moment devant vous. Vous allez perdre au change, car un archiviste vieilli dans les paperasses, ne saurait remplacer, ni vous faire oublier le brillant causeur dont vous avez ici même applaudi les charmantes conférences sur Cornelius Agrippa et sur la médecine au temps de Molière. Aussi j'ai hâte de vous dire que le plaisir que vous vous promettiez aujourd'hui, n'est que différé et que l'année prochaine, vous serez amplement dédommagés, en l'écoutant, des mauvais instants que j'aurai pu vous faire passer.

En effet, selon la tradition constante de notre Société, je

dois vous entretenir des études et des travaux en quelque sorte professionnels de celui de ses membres qu'elle a appelé à l'honneur de la présider. C'est donc des archives que je vous parlerai. Ce seul mot d'archives a quelque aspect rébarbatif qui suffit pour donner déjà des inquiétudes à plusieurs d'entre vous et à leur faire froncer le sourcil. Comment, se demandent-ils, parler des archives sans remonter au déluge et sans faire défiler toute l'histoire ancienne, celles du moyen-âge et des temps modernes ?

Rassurez-vous, il ne s'agit que d'une visite aux Archives du Nord dont la conservation m'est confiée depuis plus de quinze ans. Beaucoup d'entre vous sans doute les connaissent déjà. Mais un plus grand nombre peut-être n'a jamais franchi le seuil de ce bâtiment à l'architecture massive et sévère, dont les trois étages éclairés par 180 fenêtres, s'élèvent en bordure des rues du Pont-Neuf, St-André, Ropra et du Marché-aux-Bêtes. Toutefois, tous les Lillois ont remarqué sur la façade principale les bustes qui la décorent et qui sont ceux de Baudouin Bras-de-Fer, Baudouin de Lille, Baudouin de Constantinople, Philippe-le-Hardi, Philippe-le-Bon, Charles-Quint et Louis XIV, avec, au-dessus de la porte d'entrée, ceux de Froissart et de Philippe de Comines. Les règnes des comtes et des souverains que nous venons d'énumérer, marquent les grandes étapes de l'histoire des Flandres et du Hainaut, tandis que les deux principaux chroniqueurs des XIVe et XVe siècles semblent veiller à la garde des documents qui sont les pièces justificatives de leurs récits. Ces bustes suffisent donc à indiquer aux plus profanes que ce bâtiment est en quelque sorte un temple consacré à l'histoire des Flandres et de la région du Nord.

Pénétrez avec moi dans le vestibule. Vous trouverez à votre gauche une plaque de marbre noir, surmontée d'un buste du roi Louis-Philippe, œuvre de Pradier, et qui fut donné au département par le ministre Guizot. Sur cette plaque, une inscription latine, rédigée en un style élégant.

nous apprend que : le 26 août 1844, sous le règne de Louis-Philippe Ier et l'administration du vicomte de St-Aignan, préfet du Nord, fut, devant une foule nombreuse, inauguré cet édifice, digne du trésor qu'il est appelé à conserver et construit, grâce à la libérale munificence du Conseil général, par l'architecte Victor Leplus, pour recevoir et garder les diplômes, chartes et cartulaires de tous les siècles dont la conservation était autrefois confiée à la célèbre Chambre des Comptes de Lille, ainsi que tous les documents provenant des anciennes cours et juridictions, des chapitres, abbayes et couvents, enfin les actes et papiers relatifs à l'administration et aux affaires du département pendant la période contemporaine.

On voudra bien excuser la lourdeur de la traduction ; mais, je tenais à ce qu'elle fût fidèle, car il était impossible d'énumérer plus succinctement et plus complètement à la fois que ne le fait cette inscription, les différentes catégories de documents déposés aux Archives du Nord et sur lesquels je me propose d'attirer votre attention. Mais avant d'aller plus loin et de vous introduire dans les six grandes salles qui les renferment, il est nécessaire de vous donner quelques explications sur l'origine des Archives départementales et sur leur organisation.

« Dans l'ancienne France, a dit Champollion-Figeac, il y avait des archives partout : *Seigneuriales* dans chaque château, parce que point de terre sans seigneur ; *Ecclésiastiques* dans chaque évêché, chapitre, collégiale, abbaye, prieuré ; *Judiciaires*, dans les parlements, bailliages, sénéchaussées, cours des comptes, des aides, des monnaies, maîtrises des eaux et forêts, etc. ; *Civiles*, dans les intendances, états provinciaux, subdélégations, bureaux des finances, communes, etc. » En 1615, le procureur général du parlement de Paris, Mathieu Molé, puis plus tard le ministre Colbert et les chanceliers d'Aguesseau, Pontchartrain, Lamoignon et Maupeou, s'étaient préoccupés de la conservation des archives judiciaires, domaniales et administratives de la Couronne et avaient prescrit quelques mesures pour leur concentration et leur mise en ordre. Mais quand éclata la Révolution, elles étaient encore en grande partie dispersées. Comme on fit alors table rase de toutes les anciennes juridictions, qu'on supprima successivement toutes les communautés religieuses ainsi que les anciennes corporations et les sociétés littéraires, l'Etat entra en possession de tous les titres et papiers qui leur appartenaient, auxquels vinrent bientôt s'ajouter tous ceux des émigrés dont les biens avaient été confisqués. On se préoccupa immédiatement du triage et de la conservation de ces archives. Les lois et ordonnances des 18 et 29 novembre 1789, 8 janvier, 20 avril et 5 novembre 1790, 29 septembre 1791, furent promulguées à cet effet. Le gouvernement publiait en même temps des instructions relatives à la conservation des manuscrits, chartes, sceaux et livres provenant des maisons ecclésiastiques.

Mais avec les années 1792 et 1793 apparaissent les lois et décrets ordonnant la suppression dans tous les dépôts publics des titres généalogiques et féodaux qui devront être brûlés. Nul n'ignore qu'en vertu de ces lois, des auto-da-fé de papiers relatifs aux anciens droits seigneuriaux s'allumèrent sur toute l'étendue du territoire de la France. Le plus célèbre est celui du 10 août 1793 sur la place Vendôme à Paris, appelée alors la place des Piques. Cependant, il faut reconnaître que, sur ce point du moins, on a beaucoup exagéré ce qu'on est convenu d'appeler le vandalisme révolutionnaire. Certes, il y eut à cette époque des destructions regrettables ; mais on peut dire qu'en général la masse des papiers brûlés ou lacérés en douze morceaux ainsi que le prescrivait la loi du 12 brumaire an II avant d'être vendus, consistait en un fatras de pièces concernant les redevances féodales qui ne présentaient, au point de vue historique, qu'un intérêt très secondaire. Ce ne fut que plus tard que l'on fit dans les dépôts publics des suppressions beaucoup plus graves, quand on réquisitionna des parchemins pour servir à la confection de gargousses. Des séries entières de registres et de documents furent ainsi enlevées dans les anciennes archives des Chambres des Comptes. Grâce à l'énergie du garde des titres de la Chambre des Comptes de Lille, le citoyen Ropra, dont le nom a été avec justice donné à la rue qui borde au nord le bâtiment des Archives départementales, le dépôt qui lui était confié n'eut point trop à souffrir. A force de courageuses instances, il finit par triompher de l'ardeur avec laquelle Garat, ministre de l'intérieur, réclamait l'exécution de la loi du 24 juin 1792. Deux commissaires envoyés par lui, les citoyens Top et Salmon, s'étaient mis à l'œuvre avec un zèle aveugle, arrachant dans les registres tous les actes qui conféraient, confirmaient ou ratifiaient un titre nobiliaire. Comme le ministre Colbert avait fait prendre des copies de ces registres, copies qui forment aujourd'hui la collection dite des 182 Colbert à la Bibliothèque Nationale, ces mutilations ne furent point irréparables.

Mais quand les commissaires commencèrent à s'attaquer aux documents du Trésor des Chartes des comtes de Flandre et des ducs de Bourgogne et à la correspondance diplomatique, Ropra s'émut. Il représenta toute l'importance de ces titres soit pour l'histoire, soit pour le maintien des droits de la Nation sur l'ancien domaine du Roi et parvint à obtenir du ministre de l'Intérieur, sinon un ordre formel pour arrêter la suppression, du moins des instructions moins rigoureuses pour le triage des titres. Les archives de la Chambre des Comptes furent ainsi en grande partie épargnées. On mit de côté seulement les papiers que l'on jugea inutiles. On vendit aux enchères une masse considérable de parchemins, vente qui produisit la somme de 80.000 fr. en assignats, valant approximativement celle de 800 fr. en argent, et l'on envoya à l'Arsenal, pour le service militaire trois voitures de papiers. C'est ainsi que furent supprimés et détruits en grande partie les comptes de l'hôtel des ducs de Bourgogne, ceux des Confiscations et des recettes de l'Artillerie et de la Trésorerie des Guerres. Par une singulière coïncidence, ces monuments des vieilles guerres des Pays-Bas allèrent servir à la confection des cartouches et des gargousses des armées de Sambre-et-Meuse et du Rhin et aidèrent ainsi à soutenir la lutte de la France républicaine contre l'Europe coalisée. Il en échappa pourtant quelques-uns, entre autres les documents relatifs au projet de descente en Angleterre par le roi Charles VI et le duc Philippe-le-Hardi, à celui de la croisade que Philippe-le-Bon voulait diriger sur Constantinople et à la campagne du comte de Charolais terminée par la bataille de Montlhéry. Ils sont si intéressants au point de vue historique qu'ils nous font vivement regretter la perte de ceux de même nature supprimés alors.

Toutefois ce serait une erreur d'attribuer exclusivement leur destruction au fanatisme révolutionnaire. Il faut en accuser plutôt l'ignorance dans laquelle on était à cette époque au sujet de leur valeur historique, le peu de goût qu'on éprouvait alors pour les hommes et les choses du moyen-âge, ignorance et manque de goût qui se perpétuèrent encore plus de cinquante ans après.

Cependant une loi du 7 messidor an II (25 juin 1794) vint apporter déjà certains tempéraments à celles qui avaient précédemment ordonné la destruction des titres et parchemins renfermés dans les dépôts publics. Elle fut rédigée par une commission dont le rapport s'exprime ainsi : « La Commission porta ses regards sur l'immensité des titres et pièces manuscrites qui existent dans les dépôts publics. . . Le premier mouvement dont on se sent animé est de livrer aux flammes, et de faire disparaître jusqu'aux moindres vestiges des monuments d'un régime abhorré. L'intérêt public peut et doit seul mettre des bornes à ce zèle estimable que votre Commission partage, loin de songer à le refroidir. C'est pour mieux proscrire ce qui nous est odieux, que nous provoquons un examen sévère. La Commission propose donc de ne rien laisser subsister de ce qui porterait l'empreinte honteuse de la servitude, mais de conserver les titres de propriété publique ou privée ou ceux qui peuvent servir à l'instruction ».

Grâce à cette réserve, comme le fait remarquer M. Bordier dans son ouvrage sur les Archives de la France, la loi du 7 messidor an II fit beaucoup pour la conservation des archives alors dispersées dans les différents établissements civils et religieux de Paris et des départements. Elle créa, en effet, une agence temporaire des titres qui fut chargée de trier les documents et d'en faire trois parts : 1° celle des papiers utiles, destinée à entrer dans les sections domaniale et judiciaire des Archives de la République ; 2° celle des papiers sans aucun intérêt pour les propriétés de l'État et des particuliers, ou purement féodaux, destinée à la destruction ; 3° celle « des chartes et manuscrits appartenant à l'histoire, aux sciences et aux arts et pouvant servir à l'instruction », qui devaient être « réunis et déposés, savoir, à Paris, à la Bibliothèque Nationale, et, dans les départements, à celle de chaque district ». Cette loi fut complétée par celle du 5 brumaire an V qui, on peut le dire, créa les Archives départementales. Le Conseil des Cinq-Cents, est-il dit dans son préambule, considérant que la conservation des titres et papiers acquis à la République, exige leur prompte réunion dans des dépôts publics ; considérant que le triage de ces dépôts, ordonné par la loi du 7 messidor an II, entraîne des dépenses considérables et que ce travail ne peut être ajourné sans inconvénient, déclare qu'il y a urgence. Le Conseil prend ensuite la résolution suivante : Art. 1er. Les administrations centrales de département feront rassembler dans le chef-lieu du département, tous les titres et papiers dépendant des dépôts appartenant à la République ».

Suivent six articles réglant les mesures à prendre pour l'exécution de cette décision. Le second permettait au directoire exécutif de chaque département d'autoriser le placement provisoire de ces titres et parchemins dans les édifices nationaux, à la charge d'en rendre compte, en dedans trois mois, au corps législatif qui statuera définitivement. Ce placement sera fait autant que possible dans les édifices destinés aux séances des administrations centrales de département.

Ce fut en vertu de ces dispositions que le Directoire exécutif du département du Nord fit réunir à Douai, alors chef-lieu du département, toutes les archives des anciens établissements religieux supprimés et celles des quatre intendances de la Flandre maritime, de la Flandre wallonne, du Hainaut et du Cambrésis. Quant à celles des anciennes cours et juridictions, elles restèrent provisoirement dans les greffes des tribunaux qui les avaient remplacées.

C'est ainsi que les archives de l'ancienne Chambre des Comptes de Lille, restèrent dans cette ville et dans les bâtiments de cette Chambre. Mais ces bâtiments ne tardèrent pas à être vendus comme biens nationaux et l'acquéreur qui avait hâte de tirer parti des matériaux de cet édifice situé rue Esquermoise à l'angle de la rue Thiers actuelle, commença par démolir la grande salle des Archives ce qui nécessita un déménagement précipité et confus. Bientôt après, dit le Dr Le Glay, les archives furent transportées, Dieu sait comment, dans les greniers de l'Hôtel de Ville où elles demeurèrent entassées jusqu'en 1807. Durant cet intervalle, un décret avait transféré de Douai à Lille le chef-lieu du département, de sorte qu'aux archives nationales de la Chambre des Comptes vinrent se joindre tous les dépôts qui composaient la collection départementale, c'est-à-dire les provenances des anciens établissements religieux, les papiers des intendances et ceux des administrations modernes à partir de 1790. En 1807, cette masse de documents de tout âge et de toute nature fut placée dans le vieux et vaste bâtiment du Lombard.

Au mois de pluviôse an II, Ropra, le gardien des archives de la Chambre des Comptes et un peu leur sauveur, avait été appelé à un emploi dans un bureau à Paris. L'administration du district de Lille, l'avait remplacé provisoirement par Philibert-Joseph Poret, né à Tournai, ancien bénédictin de la congrégation de St-Maur, successivement archiviste de St-Valéry-sur-Somme et de Samer-en-Boulonnais. Cette nomination fut régularisée par un décret de la Convention en date du 18 messidor an III. Poret donna au dépôt confié à sa garde des soins éclairés. Il dressa un inventaire par ordre alphabétique des matières et des noms de lieux, de tous les registres et portefeuilles de la Chambre des Comptes. Mais ses travaux ne sauraient être comparés avec ceux des Godefroy, ses savants prédécesseurs des XVIIe et XVIIIe siècles, qui avaient rédigé l'inventaire chronologique de la partie la plus importante du Trésor des Chartes.

Poret mourut en 1817. Sous ses successeurs Wagon, d'Erbigny, Delahaye, Rapy et Bertaux, qui ne se préoccupèrent que du classement des papiers administratifs, les Archives du Nord tombèrent dans un état de complet abandon, partageant le sort de presque toutes celles des autres départements dont la conservation et la mise en ordre furent presque partout négligées. Il appartenait au gouvernement de Juillet de porter remède à ce fâcheux état de choses. La révolution de 1830 avait amené au pouvoir des hommes qui s'étaient particulièrement distingués par leurs travaux littéraires, philosophiques ou historiques. La nouvelle école historique représentée par les Guizot, Augustin et Amédée Thierry, Mignet, Guérard, Michelet, etc., avait fait comprendre, en les mettant habilement en œuvre, toute l'importance des documents originaux et de première main qui constituent les seules sources où l'on doit puiser quand on veut connaître toute la vérité sur les évènements, les hommes et les institutions du passé. D'un autre côté, la nouvelle école littéraire, dite romantique, avait mis le moyen-âge en honneur et en faveur auprès du public. Ses principaux représentants ; Victor Hugo en tête, n'avaient pas hésité à compulser les vieilles chroniques pour leur emprunter des expressions archaïques et donner à leurs œuvres ce qu'on a appelé la couleur locale.

Sous l'inspiration du ministre de l'Instruction publique Guizot, le comte Duchatel, ministre de l'Intérieur, de qui relevaient alors les Archives départementales, adressa aux préfets trois circulaires : la première, datée du 8 août 1839, au sujet de la garde et de la conservation des archives ; la seconde du 24 avril 1841, relative à leur mise en ordre et à leur classement ; la troisième du 6 mars 1843 portant règlement général des Archives départementales. Ces trois circulaires complétées par celle du 20 janvier 1854 renfermant des instructions pour la rédaction des inventaires, sont en quelque sorte les bases de l'organisation du service des Archives départementales.

La plus importante est celle du 24 avril 1841, sur le classement général des titres, papiers, registres, etc. qui les composent. Elle commence par prescrire une première grande division entre ces documents : ceux antérieurs et ceux postérieurs à 1790, c'est-à-dire ceux provenant de l'ancien régime et ceux se rapportant à la France moderne. Cette division est fondamentale et il n'est pas nécessaire d'insister pour faire ressortir combien elle est logique au point de vue administratif comme au point de vue historique, puisqu'elle a pour base un changement radical dans les institutions politiques, administratives et judiciaires de la nation.

Les archives antérieures à 1790 furent non moins rationnellement divisées en deux sections : les archives civiles et les archives ecclésiastiques.

Les archives civiles furent réparties en six séries désignées chacune par une lettre de l'alphabet. La série A comprend les actes du pouvoir souverain et le domaine public ;— la série B, les Cours et Juridictions ;— la série C, les Administrations provinciales ;— la série D, l'Instruction publique, les Sciences et Arts ; la série E, les titres féodaux et ceux concernant les familles, les communes, les corporations ainsi que les actes des notaires et tabellions ; — enfin la série F, renferme des documénts divers ne rentrant pas dans le cadre des séries précédentes.

Les archives ecclésiastiques se divisent en trois séries : la série G, comprenant tous les titres relatifs au clergé séculier, archevêchés, évêchés, collégiales, etc. ; la série H, ceux provenant du clergé régulier, ordres religieux d'hommes et de femmes, ordres militaires religieux, hospices et maladreries ; — la série I, avec les fonds divers ecclésiastiques ne rentrant pas dans les deux séries précédentes.

Quant aux archives modernes ou postérieures à 1790, on les divisa en quinze séries désignées chacune aussi par une lettre de l'alphabet et dont l'énumération serait longue et fastidieuse. L'une d'elles, pourtant, la série L, renferme tous les documents relatifs aux administrations de département, de district et de canton depuis la division de la France en départements en 1790, jusqu'à l'institution des préfectures en l'an VIII. Ce sont donc les archives de la période révolutionnaire qui furent longtemps négligées. L'administration supérieure en entourait, du reste, la communication au public de grandes précautions et interdisait la publication des pièces qui auraient pu raviver des animosités locales ou nuire à la considération des familles. Mais une circulaire ministérielle du 11 novembre 1874 vint libéralement mettre fin à cet état de choses. Elles prescrivit le classement et la mise en ordre de ces archives qui furent ouvertes aux chercheurs et aux érudits et qui, depuis vingt ans, ont, dans plusieurs départements, fourni matière à de nombreux et intéressants travaux.

Les archives de l'an VIII à nos jours constituent en quelque sorte le greffe de l'administration de chaque département. C'est là que sont disposés et classés tous les actes et papiers émanant des services préfectoraux, communaux et financiers. Les plus importants de ces documents sont conservés perpétuellement ; ceux n'offrant qu'un intérêt secondaire sont supprimés au bout de trente ans après un triage sévère qui n'est pas une partie les moins délicates du service des Archives.

Je n'insisterai pas sur l'utilité toute matérielle et positive des archives modernes dont la conservation importe au plus haut point à l'Etat, aux communes et aux particuliers en contribuant à sauvegarder et à maintenir leurs droits.

Ces explications préliminaires auront sans doute paru longues et peu intéressantes. Mais elles étaient indispensables avant de vous introduire dans les Archives du Nord et de vous les faire visiter. Ces archives furent en effet classées par le D^r Le Glay, d'après les règles qui viennent de vous être exposées. Celui-ci avait, en 1835, sur les instances du ministre Guizot, quitté les fonctions de bibliothécaire de la ville de Cambrai pour occuper celles d'archiviste du Nord.

Nous pouvons maintenant gravir l'escalier tournant qui conduit aux étages du bâtiment. Au premier étage nous trouvons à droite la salle I renfermant la plus grande partie des archives civiles antérieures à 1790. La série A comprenant les apanages et le domaine royal, manque aux Archives du Nord, par suite de la date récente de la réunion de la Flandre à la Couronne. En revanche, la série B (Cours et Juridictions) est une des plus riches et des plus importantes de France, car elle renferme un joyau historique si vous me permettez cette expression : c'est le fonds de la Chambre des Comptes de Lille dont nous avons eu déjà occasion de parler.

Les Chambres des Comptes sous l'ancien régime, étaient des cours souveraines ou jugeant sans appel, établies pour entendre, vérifier et juger les comptes des officiers du prince ayant la charge du maniement des deniers publics. Elles veillaient également à la conservation du domaine et des droits qui en dépendaient. Philippe le Bel au commencement du XIVe siècle institua la Chambre des Comptes de Paris qu'il sépara complètement du Parlement en lui confiant des attributions financières exclusives et spéciales. Les ducs de Bourgogne de la première maison de France en créèrent une à l'instar de celle de Paris pour la vérification des comptes de leurs domaines et l'établirent à Dijon. Lorsque Philippe le Hardi, duc de Bourgogne, prit possession du comté de Flandre qui lui était échu du chef de sa femme Marguerite, fille du comte Louis de Male, il comprit aussitôt la nécessité d'avoir à Lille pour ses pays de Flandre, une Chambre des Comptes analogue à celle qui administrait les finances de son duché. Le 15 février 1386, il promulgua une ordonnance réglant les attributions et le fonctionnement de cette Chambre. Ce n'est pas ici le lieu de s'étendre sur la partie financière et contentieuse de cette ordonnance. Il est à remarquer seulement que l'article 10 prescrit aux nouveaux conseillers quand ils en auront le temps de « s'employer à visiter les chartres, registres et lettres touchant ledict seigneur duc pour être mieulx instruicts de ses faits au temps advenir ». Cet article comme le fait observer le D[r] Le Glay, donne le motif légal de l'établissement du dépôt des chartes dans la même ville que la Chambre des Comptes. Les conseillers ayant à compulser les titres anciens qui fixaient les droits du prince, devaient les avoir toujours à leur portée. Ces titres anciens constituaient les archives des comtes de Flandre, prédécesseurs du duc Philippe le Hardi. Elles comprenaient d'abord les traités, conventions, donations et chartes diverses émanant de ces princes ou les intéressant ; ensuite les comptes et pièces comptables des officiers et receveurs chargés de l'administration de leurs domaines et de la perception de leurs revenus. Ces comptes étaient, antérieurement à Philippe le Hardi, vérifiés dans des réunions ou assemblées tenues annuellement par les conseillers du Comte. Ces assemblées étaient appelées *renenghes*, mot flamand qui signifie comptes. Il est facile de comprendre que ces documents étaient indispensables à la nouvelle Chambre des Comptes pour remplir le mandat qu'elle avait reçu du Duc.

Ces anciennes archives des comtes de Flandre étaient,

depuis un temps immémorial, réparties entre deux dépôts, celui du château de Rupelmonde dans la Flandre flamingante, et celui du château de Lille dans la Flandre wallonne. Le château de Rupelmonde se trouvant très éloigné et ne paraissant pas offrir une entière sécurité, on en retira immédiatement un grand nombre d'actes originaux, de cartulaires et d'autres documents qu'on transféra au château de Lille. La Chambre des Comptes avait, d'ailleurs, été installée dans le château qui n'était autre que l'antique palais de la Salle, situé entre la collégiale St-Pierre et l'hospice Comtesse, c'est-à-dire dans le quadrilatère déterminé aujourd'hui par les rues de la Deûle, de la Monnaie, la rue Comtesse et le quai de la Basse-Deûle. Elle y resta ainsi que les archives jusqu'en 1413, où on les transféra au château de la Poterne qui s'élevait à l'extrémité de la rue Esquermoise près des ponts de Weppes.

La Chambre des Comptes occupa ce dernier château jusqu'à sa suppresssion en 1667, sauf une courte interruption de 1474 à 1479 quand elle fut fusionnée avec celle de Bruxelles pour former la Chambre des Comptes de Malines qui n'eut qu'une durée éphémère. Après 1667, les archives continuèrent à rester déposées au château de la Poterne, bien transformé, d'ailleurs, au point de vue architectural depuis près de trois siècles, mais où se dressait encore, pourtant, la vieille tour dite des Chartes, qui renfermait les titres des comtes de Flandre. Ce château allait encore jusqu'à la Révolution servir de siège à la nouvelle juridiction appelée le Bureau des Finances.

La conservation des archives de ses prédécesseurs avait paru si importante au duc Philippe le Hardi, qu'en 1399 il décida qu'un fonctionnaire spécial serait préposé à la garde des titres et chartes de ses pays de Flandre, Artois, Rethélois, Limbourg, Outre-Meuse et Brabant. Il confia cette charge à son secrétaire Thierry Gherbode qui précédemment avait, avec le conseiller Pierre Blanchet, inventorié les chartes restées au château de Rupelmonde.

On lui assigna 300 francs d'or de gages, somme valant une dizaine de mille francs de nos jours, et l'on fixa sa résidence à Lille.

Thierry Gherbode qui inaugure la liste des gardes des archives de la Chambre des Comptes, a joué un rôle considérable dans les négociations diplomatiques et les affaires politiques sous les ducs Philippe le Hardi et Jean-Sans-Peur. Il fut chargé notamment en 1404 et 1409 de conclure avec les commissaires du roi Henri IV, des trèves marchandes ou traités de commerce entre la Flandre et l'Angleterre. En 1399, il fit dresser le premier inventaire du dépôt des chartes de Lille. On conserve encore ce précieux inventaire qui servit de base à celui beaucoup plus complet et détaillé, rédigé de 1506 à 1512, par les soins des conseillers Jean Ruffault et Charles de Boulogne qui avaient été chargés spécialement de ce travail par des lettres patentes du roi Philippe le Beau, de l'empereur Maximilien et de l'archiduc Charles d'Autriche. C'est un volumineux registre in-f° comprenant 258 feuillets de parchemin, ornés de 62 dessins à la plume. Plusieurs de ces dessins ne manquent pas de finesse et méritent bien un regard de la part du visiteur.

Les dix gardes des Chartes qui se succédèrent de 1421, date de la mort de Thierry Gherbode, à 1550, époque où l'emploi paraît avoir été supprimé, avaient continué à s'occuper, avec zèle et intelligence, de les classer et analyser. De 1550 à 1667, date de la suppression de la Chambre des Comptes, ce fut celle-ci qui, par l'intermédiaire des conseillers délégués à cet effet, veilla à la conservation du dépôt des Chartes.

Aussitôt après la réunion définitive à la Couronne par le traité d'Aix-la-Chapelle en 1668, de la Flandre, du Hainaut et du Cambrésis, Colbert comprit toute l'importance que présentaient les archives de la Chambre des Comptes de Lille, pour assurer le maintien des droits du Roi dans les nouvelles provinces conquises. Par des lettres patentes du 11 décembre 1668, Denis Godefroy, conseiller et historiographe du Roi, fut nommé garde de ces archives. Un tel choix, dit le D[r] Le Glay, assura pour le reste du XVIIe siècle et pour tout le siècle suivant, la bonne conservation et la prospérité de l'un des dépôts diplomatiques les plus importants de l'Europe. Denis Godefroy fut la souche de tous les savants du même nom, Jean, son fils, Jean-Baptiste-Achille, son petit-fils, Denis-Joseph, son arrière-petit-fils, qui de 1681 à 1792 ont été préposés à la garde des archives de Flandre.

Il est impossible d'énumérer ici les nombreux et importants travaux des Godefroy. Il suffit de dire que c'est à eux que l'on doit le classement méthodique des archives de la Chambre des Comptes et la rédaction des inventaires analytiques. Leur œuvre fut continuée sur ce point par leurs successeurs au XIXe siècle, Poret, Le Glay, Desplanque et Mgr Dehaisnes, notre ancien et regretté président et mon prédécesseur, dont vous me permettrez ici de saluer la mémoire; grâce à eux, ces archives qui, depuis 1399, s'étaient à chaque siècle considérablement accrues, sont parfaitement en ordre et les inventaires et les répertoires qui en ont été dressés permettent de les consulter facilement. Elle ne comprennent pas moins de 62.615 chartes ou titres, tant originaux que copies, minutes ou vidimus sur parchemin ou sur papier et 5.223 registres ou portefeuilles. Les titres et registres sont répartis en plusieurs sections dont les plus importantes sont :

Le Trésor des Chartes comprenant tous les titres importants des comtes de Flandre, des ducs de Bourgogne et des rois d'Espagne jusqu'en 1667. Ces titres sont au nombre de 21,000 dont le classement et l'inventaire ont été complètement remaniés et refondus depuis quinze ans. On imprime en ce moment l'inventaire qui formera un volume en deux fascicules, destiné à remplacer le tome Ier de l'Inventaire du Nord, dont la rédaction faite hâtivement il y a 35 ans était très défectueuse et s'arrêtait d'ailleurs, à 1450. Ces 21.000 pièces sont réparties en 159 layettes divisées elles-mêmes sous les

rubriques : Droit public, Traités, trèves et négociations ;
Mariages et testaments des princes ; Partages, hommages et
apanages ; Commerce et Monnaies ; Royaumes et Provinces ;
Pays-Bas ; Matières ecclésiastiques ; Matières généalogiques.

Le titre original le plus ancien du Trésor des Chartes des
comtes de Flandre est un diplôme de l'empereur Henri II,
daté de Trêves la veille des ides de septembre de l'an 1008,
par lequel ce prince accorde à Baldric, évêque de Liège,
certains droits dans les forêts domaniales sises entre les deux
Nèthes. Un rouleau de parchemin renferme la transcription
faite au XIVe siècle, du diplôme du roi Childebert III, daté
du 12 mars 706, portant donation de la villa royale de
Solesmes à l'abbaye de St-Denis. L'original sur papyrus se
trouve aux Archives nationales à Paris. On peut dire que
les pièces comprises sous la rubrique « Traités, trèves, négociations » et commençant à 1168, retracent toute l'histoire
politique de la Flandre et des Pays-Bas, si intimement liée à
celles de la France et de l'Angleterre pendant plus de six
cents ans. La plupart de ces documents sont encore munis
de leurs sceaux généralement en bon état de conservation.
On admire surtout ceux de la comtesse Jeanne de Constantinople, des ducs Philippe le Hardi, Philippe le Bon et
Charles le Téméraire qui sont de véritables œuvres d'art.
Une autre curiosité sigillographique nous est offerte par la
reconnaissance de Philippe le Bon comme gouverneur du
Hainaut par les Etats de cette province composés des
représentants de la noblesse, du clergé et des bonnes villes,
charte à laquelle ne sont pas appendus moins de 172 sceaux.
Les Archives du Nord sont, d'ailleurs, si riches à ce point
de vue, que le savant archiviste Demay a consacré un ouvrage
en deux volumes in-fo à la description des sceaux qu'elles
renferment et que c'est, en grande partie, au moyen des
renseignements qui lui ont été ainsi fournis, qu'il a écrit son
livre si intéressant sur le costume au moyen-âge d'après les
sceaux.

Les Cartulaires. Les titres du Trésor des Chartes

avaient une telle importance pour la sauvegarde des intérêts des comtes de Flandre que, dès le XIIIe siècle, ils prirent la sage précaution de les faire transcrire sur des registres qu'on appelle cartulaires ; 27 de ces cartulaires nous sont parvenus. Ce sont ceux dits de Flandre, de Louis de Male, le Cartulaire rouge, ceux de Namur, de Hainaut, de Malines, de Valenciennes, des Empereurs, de Cambrai, d'Artois et de la dame de Cassel. Tous les actes qu'ils renferment ont été analysés dans le tome II de l'Inventaire Sommaire ainsi que ceux enregistrés dans les 82 registres dits des Chartes. C'étaient dans ces derniers que la Chambre des Comptes faisait insinuer tous les titres émanant des souverains des Pays-Bas. En 1680, Colbert frappé de l'importance qu'ils présentaient pour les intérêts financiers et domaniaux de la Couronne, les fit presque tous transcrire. Ces transcriptions forment aujourd'hui la collection dite des 182 Colbert à la Bibliothèque Nationale. C'est grâce à elles qu'ont pu être reconstitués les actes lacérés pendant la Révolution sur les registres des Chartes.

Les Registres de l'Audience. Les 145 registres dits de l'Audience, dont le premier remonte à 1386 et le dernier s'arrête à 1661, forment une collection particulièrement intéressante pour l'histoire des mœurs des populations des Pays-Bas et du comté de Bourgogne. Dans ces registres ont été officiellement entérinées les lettres de rémission de peines, celles de rappel de ban, de légitimation, d'amortissement et d'octroi de privilèges, accordées par les ducs de Bourgogne et les rois d'Espagne. Toutes ces lettres ont été analysées dans le tome III de l'Inventaire. Mgr Dehaisnes leur a consacré, en outre, un curieux travail dans lequel il a fait ressortir tout l'intérêt qu'elles offraient pour étudier les mœurs et les sentiments des populations des Pays-Bas au milieu des désastres de la guerre, des crimes et des malheurs de toutes sortes qui les assaillirent pendant le cours des XVe et XVIe siècles.

La Recette générale des finances des Pays-Bas. Les ducs

de Bourgogne instituèrent un officier chargé de centraliser toutes les recettes provenant de leurs revenus domaniaux et autres et de payer en même temps toutes les dépenses imputées sur ces revenus. Cet officier, appelé receveur général des finances, présentait un compte annuel de sa gestion, accompagné de pièces justificatives telles que mandements, quittances, etc. Ce compte était vérifié primitivement par la Chambre des Comptes de Dijon, puis plus tard par celles de Lille et de Bruxelles. Trois dépôts différents se partagent donc la collection des comptes de la Recette générale des Finances des Pays-Bas. De 1384 à 1419, ces comptes se trouvent à Dijon, de 1420 à 1699 à Lille et de 1700 à 1783 à Bruxelles. Les séries de Dijon et de Lille présentent des lacunes avec quelques comptes en double. Celle de Bruxelles est non seulement complète, mais elle comprenait des doubles qui, par suite d'un échange, sont entrés aux Archives du Nord. « Pour résumer en peu de mots l'utilité historique des comptes de la Recette générale des Finances, on y trouve régulièrement, dit M. Gachard, les noms et qualifications de la plupart des officiers attachés à la maison des princes ou revêtus de fonctions importantes dans l'Etat ; on sait combien souvent ces noms sont défigurés dans les chroniques et les mémoires : les noms des personnages envoyés en ambassades par les souverains avec indication de l'objet de leur mission ; les missions données dans l'intérieur du pays à des membres du gouvernement ou à des personnes attachées à la maison ou aux conseils du prince, avec les mêmes détails ; des détails du plus grand intérêt sur les chroniqueurs, les peintres, les sculpteurs, les musiciens attachés au service des princes, sur leurs ouvrages et leurs honoraires, enfin, une foule d'autres mentions intéressantes dont la variété est trop grande pour qu'il soit possible d'en essayer l'énumération ».

« Il n'y a certainement pas de travail, ajoute l'éminent érudit, qui ferait entrer dans le domaine de l'histoire une masse plus considérable de faits nouveaux et curieux que

celui qui aurait pour objet le dépouillement systématique
des comptes de la Recette générale des Finances ; mais cet
ouvrage n'exigerait pas seulement un temps fort long ; il
faudrait encore que celui qui en serait chargé fût versé dans
la connaissance de nos annales ; qu'il fût doué de beaucoup
de discernement et de l'esprit d'analyse, afin de n'extraire
que les faits en valant la peine et de donner à ces extraits
une forme à la fois laconique et claire ».

Depuis 1841, époque où l'archiviste de Bruxelles a écrit
son rapport sur les archives de la Chambre des Comptes de
Lille, les comptes et les pièces comptables de la Recette
générale des Finances ont été analysés par mon regretté
prédécesseur et par moi, et leur inventaire forme les
tome IV, V et VI du Catalogue général des Archives du
Nord. C'est en s'inspirant de la méthode exposée plus haut
qu'il a été procédé à ce travail. On peut dire qu'il a donné,
en effet, une ample moisson de renseignements authen-
tiques et inédits sur les personnages politiques, les événements militaires, les arts, les lettres et les sciences du
XVᵉ au XVIIᵉ siècle. Je me contenterai de citer ici ceux
qu'on y a recueillis sur le sculpteur Beauneveu, les peintres
Jean Bellegambe, van Orley, Pourbus, Otto Venius, Rubens
et les missions diplomatiques qui avaient été confiées à ce
dernier.

Les Comptes de l'Hôtel. Malgré les pertes considérables
que cette collection a éprouvées à l'époque de la Révolution,
les comptes et autres documents concernant l'administration
de l'hôtel ou maison princière des comtes de Flandre et de
Hainaut, des seigneurs et dames de Cassel, des ducs de
Bourgogne et des gouvernantes des Pays-Bas, ne présentent
pas moins d'intérêt que ceux de la Recette générale des
Finances. Ainsi nous possédons encore la plus grande
partie des états journaliers de l'hôtel des ducs de Bourgogne.
Ces états appelés aussi écrous, consistent en de longues
bandes de parchemin sur lesquelles on inscrivait d'abord,
avec la date et le nom de la localité où se trouvait le Duc,

les noms des personnages princiers, ambassadeurs, etc., qui avaient été reçus et traités à la Cour. Ces renseignements sont déjà très précieux en ce qu'ils permettent d'établir exactement l'itinéraire des ducs de Bourgogne pendant leurs campagnes et en ce qu'ils fixent d'une manière incontestable les dates d'événements politiques d'une certaine importance comme le séjour des rois de France, entre autres de Louis XI à Hesdin et à Péronne, et les mariages des membres de la famille ducale. Puis chaque état journalier donne l'énumération des dépenses faites par les cinq offices de l'hôtel: la paneterie, l'échansonnerie, la cuisine, la chambre et la fourrière. On a donc ainsi les menus quotidiens des repas des ducs et des personnages de leur suite.

Les piquants détails que l'on rencontre dans les états journaliers ne sont pas dépourvus d'intérêt pour la connaissance des mœurs et la civilisation d'une époque, Il y a, en effet, un peu de vérité dans la boutade de Brillat-Savarin ; « Dis-moi ce que tu manges et je te dirai ce que tu es ». En outre, ces états fournissent aussi de précieux renseignements à l'histoire économique et commerciale.

Permettez-moi de vous donner à l'appui, le détail de la dépense de l'hôtel du duc Philippe le Bon à Hesdin, le mercredi 28 septembre 1463, jour où y arriva le roi Louis XI qui y resta jusqu'au 19 octobre suivant. Au château de Hesdin se trouvaient alors, avec le duc et la duchesse de Bourgogne, la duchesse de Bourbon et ses filles et une suite nombreuse de gentilshommes et d'officiers qui avaient accompagné le Roi. Aussi on ne consomma pas moins en cette journée de : 64 douzaines de pains blancs, 70 douzaines de pains bruns, 27 muids de vin de Beaune, 1 quartier, une cuisse, une poitrine, et 5 pièces de bœuf, 47 livres de lard, 1 demi-veau, 10 moutons, 16 gigots, 5 porcs et 2 langues de porc, 14 lapins, 9 perdrix, 1 chapon gras, 3 chapons de palier, 153 poulets, 31 paires de pigeons, 2 fromages, 200 œufs, 150 écrevisses, 20 plies, 6 carrelets, 10 paires de soles, 17 rougets, 1 demi-cent de harengs frais, 2 plats de four, sorte de crême renversée, pour le Duc qui, encore convalescent d'une grave maladie, était au régime et ne pouvait qu'assister, sans y prendre part, aux banquets qu'il offrait à son hôte royal. Le total de la dépense des cinq offices de l'hôtel dans cette journée s'éleva à la somme de 113 livres valant approximativement 5.000 francs de nos jours.

Comme on le voit cette cuisine princière du XVe siècle brillait plutôt par l'abondance que par la finesse ; elle prouve surtout que Flamands et Bourguignons rivalisaient sous le point de vue de l'ampleur et de la solidité d'estomac. Au contraire, en 1571, le président de la Chambre des Comptes Cuvelier offrit à ses hôtes, à l'occasion du mariage de sa fille, un dîner dont les deux services, les entremets et le dessert, appelé alors *issue*, se distinguent par la délicatesse des mets. Les perdrix bouillies à la moelle de bœuf, les paons rôtis, les pâtés de pluviers, les chapons à la golée d'amandes, les langues de mouton au vin d'Espagne, les jambons de Mayence à la moutarde sucrée, les pâtés d'oranges et les tartes de melon, montrent que, depuis un siècle, la cuisine avait fait de grands progrès comme toutes les autres branches du luxe.

Parmi les pièces justificatives des comptes de l'hôtel, on remarque aussi : les inventaires et états des bijoux des comtes de Flandre, des ducs de Bourgogne et des princes de la maison d'Autriche, entre autres de ceux du duc Philippe le Bon et de l'empereur Maximilien ; de leurs peintures, statuettes et missels ; de leurs draps d'or, d'argent et de soie, linges, dentelles, fourrures et objets de toilette; de leurs armes, armures et harnais de guerre. Ces documents sont si précieux pour l'histoire des arts et des artistes dans les Pays-Bas, qu'ils ont été pour la plupart publiés in-extenso dans les tomes VII et VIII de l'Inventaire des Archives du Nord. Ce dernier volume renferme, en outre, l'analyse des comptes et pièces comptables de la Recette de l'Artillerie et de la Trésorerie des Guerres dont le dépouillement a fait

découvrir des billets autographes de l'archiduc Maximilien,
très curieux pour l'histoire de ses campagnes contre les
Flamands révoltés. Je ne citerai que celui où, s'exprimant
dans un mauvais français semé d'expressions tudesques, il
reproche à son receveur Laurent Le Mitre de le laisser sans
artillerie ; il sera, dit-il, obligé de livrer bataille le lendemain
sans avoir reçu celle qu'il lui a demandée depuis un mois ;
aussi il lui promet, en parole de prince, que, s'il est battu par
sa faute, il le bannira de ses États et confisquera ses biens.

Je vous ferai passer rapidement sur les sections de la
Chambre des Comptes relatives aux recettes, bailliages et
châtellenies de la Flandre, du Hainaut et de l'Artois, pour
arriver à la collection si importante des Lettres-Missives,
qui comprend toute la correspondance politique et diplomatique des ducs de Bourgogne, des archiducs d'Autriche,
des gouverneurs et gouvernantes des Pays-Bas. La série
remonte aux premières années du XVe siècle. Il convient
de vous y signaler, d'abord, la lettre par laquelle Jeanne
d'Arc en un style empreint du patriotisme et du sentiment
chrétien les plus purs, engage le duc Philippe le Bon à faire
la paix avec le roi Charles VII qui, de son côté est prêt à la
faire avec lui dans des conditions honorables. Elle les prie
l'un et l'autre de se pardonner leurs injures réciproques et
supplie le duc de Bourgogne de ne plus guerroyer contre le
saint royaume de France, car c'est, dit-elle, guerroyer contre
Jésus-Christ qu'elle invoque comme son *droicturier* ou
légitime seigneur. Cette lettre est datée de Reims, le
dimanche 17 juillet 1429, jour du sacre de Charles VII.
C'est dans ce document qu'apparaît clairement pour la
première fois l'idée d'une patrie française indépendante de
la personne du Roi, patrie que Jeanne d'Arc désigne par la
belle expression de *saint royaume de France* qu'elle répète
à différentes reprises. Il a été publié par de Barante dans
son Histoire des ducs de Bourgogne, par Michelet, par
M. Wallon dans son Histoire de Jeanne d'Arc, puis plus
exactement dans l'ouvrage intitulé Musée des Archives

départementales où il a été même reproduit en fac-simile par l'héliogravure.

La période pour laquelle la collection des Lettres-Missives offre le plus d'intérêt au point de vue politique est sans contredit le XVIe siècle. Nulle part peut-être, dit le Dr Le Glay, on ne trouverait plus de documents curieux sur le règne de Charles-Quint et sur l'époque des troubles religieux. Jean Godefroy est le premier qui ait signalé au public cette correspondance diplomatique si piquante qui révèle tant de faits, tant de variations politiques. Il publia les Lettres de Louis XII et du cardinal d'Amboise relatives à la Ligue de Cambrai et une édition des Mémoires de Philippe de Comines accompagnée de pièces justificatives puisées à la même source. Plus tard, le professeur Mom copia et publia toutes les lettres relatives aux affaires d'Allemagne et à l'élection de Charles-Quint à l'Empire; le Dr Le Glay : la Correspondance de l'empereur Maximilien et de l'archiduchesse Marguerite, sa fille, gouvernante des Pays-Bas; la Correspondance de cette princesse avec ses amis et les Négociations diplomatiques entre la France et l'Autriche durant les premières années du XVIe siècle.

Quant à la correspondance relative aux troubles religieux de la dernière moitié du XVIe siècle, elle consiste dans une quantité de missives originales écrites par les chefs des deux partis qui divisaient alors la France. Mignet est venu la compulser lui-même aux Archives du Nord lorsqu'il préparait ses ouvrages sur Antoine Perez et Philippe II, sur Charles-Quint, son abdication, son séjour au couvent de Yuste et sa mort. Il en fit prendre de longs extraits qui furent imprimés comme pièces justificatives. Enfin le savant et regretté archiviste du royaume de Belgique, M. Gachard, dont j'ai si souvent prononcé le nom, a publié des analyses et des extraits de cette correspondance dans son Rapport sur les archives de l'ancienne Chambre des Comptes de Lille.

Vous voudrez bien m'excuser de m'être étendu trop

longuement peut-être à votre gré sur ces archives qui
constituent le fonds le plus important à tous les points de
vue de notre dépôt départemental. Nous allons donc nous
hâter de parcourir les autres fonds et séries et je vous
signalerai rapidement en passant les documents les plus
curieux qui s'y trouvent.

Dans la série B (Cours et Juridictions), nous rencontrons
encore les anciennes archives du bailliage de Lille, de
ceux d'Avesnes et de Bouchain et une partie de celles du
Parlement de Flandre, installé d'abord à Tournai, puis
transféré définitivement à Douai après une courte étape
à Valenciennes. La partie la plus intéressante de ces
archives comprenant les registres ayant servi à l'insinuation
des arrêts et actes extraordinaires, est restée déposée au
greffe de la Cour d'appel de Douai qui n'a remis aux
Archives départementales que les sacs des procureurs
renfermant les pièces produites dans les procès.

Avec la série C (Administrations provinciales), nous
trouvons installés dans une vaste salle du second étage
les papiers provenant du Bureau des Finances que
Louis XIV avait établi à Lille pour remplacer la Chambre
des Comptes. Ce Bureau était constitué par deux trésoriers
pour l'administration du domaine, deux receveurs pour
percevoir les impôts, un garde du trésor, un greffier et un
huissier. Il existe un inventaire manuscrit de ce fonds
ainsi que de ceux des Intendances de la Flandre Wallonne,
de la Flandre Maritime, du Hainaut et du Cambrésis,
faisant aussi partie de cette série.

La série D (Instruction publique) est peu riche aux Archives
du Nord, car les titres et papiers de l'ancienne Université
de Douai, fondée par Philippe II, roi d'Espagne, en 1571,
ont été dispersés au moment de la Révolution. On n'en a
conservé qu'une faible partie ainsi que les papiers provenant
de quelques établissements annexés à cette Université :
ceux des séminaires du Roi, des Nobles, de la Motte, de la

Torre, des Irlandais, d'Hennin, des collèges de St-Waast à Douai, des Hibernois à Lille et du collège de Valenciennes.

La série E (Féodalité ; familles ; communes et notaires) est, au contraire, assez considérable par suite de réintégrations et d'acquisitions récentes. C'est d'abord un beau fonds de titres intéressant les anciennes familles de la Flandre et du Hainaut provenant des confiscations faites en vertu des lois sur les émigrés. On y remarque de nombreuses généalogies avec armoiries et blasons coloriés. Puis vient une collection de registres terriers, actes passés devant les échevins, pièces de procédure et documents divers intéressant plus de 400 communes du département.

En 1886 et en 1890, la série E s'est enrichie des anciens titres du marquisat d'Aigremont qui s'étendait sur le territoire d'Ennevelin et d'autres villages de la Pevèle et de ceux de la baronnie de Crèvecœur dans le Cambrésis. Ces derniers ont été acquis avec beaucoup d'autres documents relatifs aux communes de l'arrondissement de Cambrai des héritiers de M. Delattre qui en avait formé une belle collection. Parmi eux se trouvent la charte communale ou loi de Crèvecœur, belle pièce latine datée de 1219 et la loi de Clary rédigée en langue vulgaire et datée de 1240. Ces deux chartes inédites jusqu'alors ont été publiées avec des notes historiques sur Crèvecœur et Clary.

Enfin, on remarque encore dans la série E, 26 registres renfermant les statuts des corporations d'arts et métiers, des villes de Lille, Douai et Cambrai et les délibérations de la Chambre de Commerce de Lille de 1715 à 1790.

C'est ici le lieu de mentionner le fonds important du Tabellion de Lille ou collection des minutes des notaires de la châtellenie de Lille, dont les plus anciennes remontent au XVIe siècle et les plus récentes à l'an VIII. Ce fonds rentre bien, en effet, dans la série E, mais la Chambre des Notaires de l'arrondissement de Lille tout en autorisant le dépôt aux Archives départementales, a entendu s'en réserver la nue propriété avec le droit d'autoriser la délivrance des expéditions des actes intéressant les particuliers et qui sont fréquemment consultés, car ils constituent encore de nos jours des titres de propriété. Il existe des répertoires manuscrits de la série E et du Tabellion permettant de retrouver facilement les actes demandés.

Je ne citerai dans la série F (Fonds divers se rattachant aux Archives civiles) que les collections de documents formées par les Godefroy et par le président Errembault qui ont été léguées ou acquises par les Archives départementales.

Nous arrivons maintenant aux archives ecclésiastiques très considérables dans le Nord par suite du grand nombre, de l'antiquité et de la richesse des établissements religieux qui se trouvaient dispersés sur le territoire des Flandres, du Hainaut et du Cambrésis. L'heure nous presse et je ne pourrai que vous faire passer en revue très rapidement les archives qui en proviennent.

Dans la série G (Clergé régulier) on remarque les titres de l'évêché de Cambrai, devenu archevêché en 1560. Ils constituent un des fonds ecclésiastiques les plus riches, non seulement de la France, mais de toute l'Europe. On y compte 53 diplômes antérieurs à l'an 1100. Le plus ancien est celui par lequel l'empereur Louis-le-Débonnaire confirma les privilèges et droits temporels accordés aux évêques de Cambrai par ses prédécesseurs Charlemagne et Pépin. Ce diplôme original est daté d'Aix-la-Chapelle, le 17 des calendes de mai de la troisième année du règne de l'empereur Louis, c'est-à-dire du 15 avril 817. Il compte donc plus de mille ans et, malgré cela, il est encore assez bien conservé et muni de son sceau plaqué en cire brune portant la tête laurée de l'Empereur avec la légende : XPE PROTEGE HLVDOVVICVM IMPERATOREM. On remarque aussi dans le monogramme du nom du prince placé au bas du texte, le trait tracé par l'empereur lui-même avec le *calamus* ou roseau et qui, avec le sceau et les notes tironiennes du chancelier, garantissaient au titre son authenticité.

Dans le même fonds de l'évêché de Cambrai se trouvent aussi d'autres donations originales des rois Lothaire (860), Charles-le-Chauve (869), Charles-le-Simple (911), des empereurs Othon Ier et Othon III, Frédéric II, Henri VII et Charles IV. Ces derniers ont conservé leurs sceaux, pendants ou bulles en or. La bulle d'or du diplôme de Charles IV de 1377 est d'un travail très artistique qui en fait un véritable petit chef-d'œuvre d'orfèvrerie.

Permettez-moi de vous signaler aussi une curieuse reconnaissance des droits seigneuriaux dus, en 1275, aux évêques de Cambrai par les habitants de cette ville, de celle du Cateau et d'autres localités du Cambrésis. Elle est transcrite sur un registre dont les feuillets de parchemin sont illustrés de nombreuses vignettes représentant les divers objets ou denrées sur lesquels étaient perçus les droits, entre autres des instruments aratoires, des meubles, des animaux domestiques, etc. Ces vignettes fournissent de précieux renseignements sur l'état de l'agriculture, du commerce et de l'industrie à Cambrai au XIIIe siècle.

Enfin ce fonds conserve aussi une partie de la correspondance de Fénelon relative à l'administration spirituelle et temporelle du diocèse de Cambrai, avec plusieurs lettres autographes de l'éminent prélat. L'une d'entre elles, concernant une question de cérémonial à propos d'un Te Deum qui devait être chanté en présence du cardinal-prince de Bavière, montre que le doux Fénelon savait, à l'occasion, se montrer ferme et énergique pour maintenir ses droits et ses prérogatives.

Les archives des autres établissements religieux tant séculiers que réguliers se distinguent aussi par le nombre et l'état de bonne conservation en général des titres qu'elles renferment. Je ne citerai que celles : de la collégiale St-Pierre de Lille dont nous avons encore le diplôme original de fondation, donné en présence du roi Philippe Ier, en 1066 ; — de la collégiale St-Amé de Douai avec un diplôme original du comte Baudouin IV, le Barbu, en date de 1024 ; — des collégiales St-Géry et Ste-Croix de Cambrai avec des titres du XIe siècle ; — dos abbayes de St-Aubert et du St-Sépulcre de Cambrai, de St-André du Cateau, d'Anchin, de Marchiennes, d'Hasnon dont les chartes originales remontent aussi au Xe ou au XIe siècle.

En outre, trente cartulaires renferment la transcription des actes les plus importants des fonds ecclésiastiques. Ceux des abbayes de St-Amand, de Marchiennes et de Vaucelles datent du XIIIe siècle et sont remarquables par la régularité et l'élégance de leur écriture ainsi que par les lettrines qui ornent leur texte et qui représentent des prélats, des princes et des chevaliers.

Toutes les archives des établissements religieux sont régulièrement classées et il en existe des répertoires qui facilitent les recherches. Leurs titres les plus anciens et les plus importants ont, d'ailleurs, été publiés et elles ont fourni les matériaux de nombreuses monographies ou histoires locales.

Le visiteur ne quittera pas les Archives sans jeter un coup d'œil rapide sur la collection des registres et documents se rapportant à la période révolutionnaire et qui forme la série L. On y remarque la série des délibérations du Conseil général et du Directoire exécutif du département du Nord et de ceux des districts, des registres et agendas contenant la correspondance et les arrêtés de ces corps. Tous ces registres sont classés et inventoriés ainsi que les porte-feuilles renfermant les minutes et les pièces diverses émanant de l'autorité centrale, entre autres, la correspon-dance et les arrêtés des représentants du peuple en mission dans le Nord. On y trouve de nombreuses et intéressantes dépêches de Carnot, de Lesage-Senault, d'Isoré, de Berlier, de Merlin de Douai et surtout de Florent-Guyot, qui envoyé deux fois en mission dans le Nord, avant et après le IX thermidor, sut dans ces temps difficiles, administrer avec prudence et modération et préserver le département des excès de la Terreur,

La plupart des documents présentant un intérêt historique compris dans cette série ont été insérés dans l'ouvrage : la *Défense Nationale dans le Nord de 1792 à 1802*, publié aux frais du Conseil général du Nord à l'occasion du Centenaire de 1789.

Et maintenant que vous avez parcouru avec moi les six grandes salles renfermant les chartes, cartulaires, titres et papiers qui constituent les Archives du Nord, il me reste à espérer que cette rapide visite aura suffi pour vous montrer que ce n'était pas sans raison que le département était heureux et fier de les posséder et n'hésitait pas à faire des sacrifices pour en assurer la conservation et le classement. En ce qui concerne les archives modernes de 1800 jusqu'à nos jours, il est inutile d'insister sur l'utilité en quelque sorte matérielle qu'elles présentent pour le maintien des droits de l'Etat, des communes, des établissements publics et des particuliers.

Mais vous vous demandez peut-être pourquoi l'on conserve si précieusement les archives anciennes qui, dans l'esprit d'un certain nombre de personnes, ne peuvent servir qu'à donner satisfaction à une vaine curiosité rétrospective. Est-ce que les récits des chroniqueurs contemporains ou des historiens qui ont écrit après eux, ne sont pas suffisants, selon elles, pour nous faire amplement connaître le passé ? Je suis loin de contester que les chroniqueurs constituent la principale source de l'histoire du moyen-âge, surtout si l'on ne s'en tient qu'aux faits et aux événements. Ces chroniques offrent souvent, d'ailleurs, une certaine valeur au point de vue littéraire et pour l'étude de la formation de la langue française, ce qui en double l'intérêt. Mais l'histoire ne consiste pas uniquement dans le récit des batailles, des sièges des villes, des avènements au trône des souverains, des mariages princiers, des fêtes royales et des intrigues de cour. Elle comporte aussi la connaissance des institutions, des mœurs, des usages, des conditions de la vie matérielle, morale et intellectuelle des peuples et des nations. Or, sans compter que très souvent les documents fournis par les archives servent à confirmer, contrôler ou rectifier les assertions des chroniqueurs, c'est grâce à eux seulement qu'on peut étudier d'une manière approfondie les conditions de la vie des générations qui nous ont précédés; se rendre compte comment, à force de travail, d'énergie et de patience, nos ancêtres ont réussi à améliorer leur sort, fixé leurs droits et leurs devoirs sociaux, conquis les moyens matériels et moraux nécessaires pour s'avancer de plus en plus dans la voie de la civilisation et du progrès.

Si l'on n'avait pour connaître cette histoire intime de la vie des peuples que les récits des auteurs qui ont retracé leurs annales, nous l'ignorerions bien souvent presque complètement.

Ainsi, si vous me permettez de citer quelques exemples, que saurait-on de l'histoire des Babyloniens et des Egyptiens, si l'on s'en tenait aux récits de Bérose, de Manéthon, d'Hérodote et de tous les auteurs grecs ou latins qui n'ont fait, en général, que les reproduire? On connaîtrait la succession plus ou moins complète des souverains qui ont régné sur ces peuples, les conquêtes qu'ils ont faites, les révoltes qu'ils ont réprimées, les drames qui se sont passés dans les familles royales; mais rien ou très peu de choses, des croyances religieuses de ces peuples, de leurs institutions politiques et judiciaires, de leur droit, de leurs mœurs, de l'état de leur agriculture et de leur industrie. Au contraire, grâce à la découverte dans les ruines de Ninive d'un véritable dépôt d'archives consistant en plus de 3.000 briques ou stèles de terre cuite sur lesquelles sont tracés en caractères cunéiformes des contrats de vente, d'échange, de donation et de bornage de propriétés, des condamnations à des indemnités et même des sentences pénales, on a pu reconstituer en grande partie le droit civil et criminel des Assyriens et comprendre quel devait être l'état social de ces antiques populations.

En Egypte, les nécropoles et les hypogées peuvent être

aussi considérées comme de véritables dépôts d'archives. Avec les momies, généralement dans un parfait état de conservation, on y trouve les bandelettes qui les entourent et qui sont couvertes d'inscriptions hiéroglyphiques et de dessins nous faisant connaître la vie du défunt, qu'il ait été pharaon, grand seigneur, simple artisan ou paysan, depuis le berceau jusqu'à la tombe, entrant dans les plus grands détails sur les fonctions qu'il a pu remplir, sur la profession qu'il a pu exercer. Tous les renseignements recueillis ainsi depuis un siècle, ont renouvelé l'histoire d'Egypte que l'on connaissait si imparfaitement d'après les récits des historiens anciens.

Est-ce que même pour l'antiquité romaine, la découverte de Pompeï et d'Herculanum, celle des belles mosaïques de Timgad et de Tebessa et des nombreuses inscriptions dont le peuple-roi et plus tard les empereurs ont semé le sol de l'Europe, de l'Asie et du Nord de l'Afrique, n'ont pas permis de pénétrer plus profondément dans la connaissance des mœurs, des institutions et des conditions de la vie sociale et matérielle des Romains ? Ceux-ci avaient bien comme les Grecs, des dépôts d'archives placés généralement dans les temples, et dans lesquels on conservait les actes publics ou privés les plus importants. Quelques senatus-consultes gravés sur des tablettes de bronze provenant de ces temples nous sont même parvenus. Mais la fragilité de la matière sur lesquels ces actes étaient écrits ordinairement, le papyrus, a amené la presque totale destruction de ces archives. Ce qui rend toutefois cette perte moins sensible, c'est que ces documents ou fastes, comme on les appelait à Rome, avaient servi de matériaux aux historiens de l'antiquité. Pour ne citer que les principaux parmi ceux-ci, il est certain qu'Hérodote, Thucydide, Polybe, Tite-Live, Salluste et Tacite, avaient consulté les archives officielles et les documents qu'elles renfermaient avant d'écrire les chefs-d'œuvre de narration élégante et facile, de profondeur et de verve qu'ils nous ont laissés et qui resteront toujours des modèles.

incomparables pour tous ceux que tentera l'art difficile d'écrire l'histoire.

La période du haut moyen-âge ne nous a été racontée que par des chroniqueurs au style sec et incorrect. Il faut arriver jusqu'aux XIIIe et XIVe siècles pour trouver avec Joinville et Froissart, quelque charme à la lecture des chroniques. En revanche, le moyen-âge nous a laissé en grande abondance des chartes, des cartulaires, des hagiographies qui comblent en partie les lacunes et les obscurités de ses historiens. C'est grâce à ces documents, au capitulaire *de Villis* et au polyptique d'Irminon, par exemple, qu'on a pu se rendre compte comment s'était établi le système féodal, comment l'esclavage antique s'était transformé en servage, enfin quelle était la condition des personnes et des biens au VIIIe siècle.

Si l'on en était réduit au témoignage des chroniqueurs pour étudier le grand mouvement qui à la fin du XIe siècle et surtout pendant le XIIe siècle, entraîna les communes de la région du Nord à s'affranchir du joug de leurs seigneurs, il nous serait impossible de le comprendre. C'est à peine, en effet, si un chroniqueur contemporain, Guibert de Nogent, y fait allusion dans une phrase restée célèbre où il exprime toute l'aversion qu'éprouvait le haut clergé contre ce nom nouveau de commune. Les chartes ou lois communales conservées dans les archives ont permis, au contraire, de suivre le développement de ce grand mouvement depuis son origine jusqu'à son complet épanouissement

Augustin Thierry a su faire jaillir la lumière latente en quelque sorte sous ces poudreux documents en les interprétant avec une pénétration merveilleuse, comme s'il les eût frappés avec une baguette magique. Ses histoires de la constitution des communes de Cambrai, de Laon et d'Amiens, son essai sur la formation et les progrès du Tiers-État, ont été composés presque uniquement avec des pièces provenant des Archives départementales et communales ; ce qui ne les empêchera pas de demeurer des modèles de perspicacité dans la recherche de la vérité historique, de science et d'art à la fois dans la mise en œuvre des documents et dans la composition littéraire, enfin de clarté et d'élégance sous le point du vue du style.

Le savant historien avait reçu des Archives du Nord les transcriptions d'un grand nombre de chartes sur l'origine, les droits et les privilèges des communes de notre région. Ces communications valurent à nos Archives une mention très élogieuse dans la préface de l'Essai sur le Tiers-Etat.

Au cours de la visite que nous venons de faire j'ai, d'ailleurs, appelé souvent votre attention sur les nombreux et importants ouvrages à la publication desquels les Archives du Nord ont contribué pour une large part. Je crois donc inutile d'insister davantage sur l'intérêt qu'elles présentent pour l'histoire nationale, régionale et locale. Les documents qu'elles fournirent au grand historien de l'affranchissement des communes, attestent, en effet, que les populations de la plus grande partie du territoire des Flandres, du Hainaut et du Cambrésis, étaient restées françaises par la communauté de la langue, des mœurs et des institutions, malgré les circonstances politiques qui les avaient séparées du Royaume de France. Je ne puis mieux faire que de terminer sur cette remarque en ajoutant que si elles n'avaient pas été françaises de cœur et de sentiment, ces populations n'auraient pas accueilli aussi facilement la conquête de 1667, ne se seraient pas si rapidement fondues dans l'unité nationale et n'auraient pas montré qu'elles entendaient bien n'en être plus détachées ainsi qu'elles le firent avec tant de courage et d'amour de la patrie, en 1708 et en 1792, lors des deux sièges de Lille et de l'invasion autrichienne.